风过人间

诗画雅集丛书

王运平 著
任赛 绘

中国教育出版传媒集团
高等教育出版社·北京

总序

诗画交融的艺术理想
——序"诗画雅集丛书"

北京师范大学教授　张　柠

诗与画的关系,既是艺事之老生常谈,也是文评的新鲜难题。诗,因睹物而生情,首要的是视觉效果,以象见意,诗中有画,即便遇到"踏花归去马蹄香"之句,亦可描摹蝴蝶逐蹄而想见其香。画,宋人张择端的《清明上河图》,明人仇英《南都繁会景物图卷》,清人徐扬的《姑苏繁华图》,状物惟妙惟肖,绘事枝条繁茂,是风俗画卷,也是历史叙事,但很难说与诗有什么直接关系,他们仿佛马迁班固之遗胤,而非杜甫李白的后裔。文人画,缺的不是"诗意",而是"画功",心到手不到,绘画艺术容易沦为诗歌的附庸。有诗有画,然后诗画交融，相互促进，是艺术创造者和接受者的共同理想。

诗和画都是艺术，因而有共同性，它们都试图通过"美"，唤起接受者的审美情感和心绪，从而超脱日常琐事的束缚，进入审美境界，仿佛别见洞天。但它们毕竟是两个不同的艺术门类，因而又有差异性。诚如历代画论之习见常论：诗是有声画，画是无声诗。这个常见的说法，与其说是将诗和画两个艺术门类分开，不如说是从新的角度将二者合拢：诗是无形画，画是有形诗。苏东坡评价王摩诘诗画的时候说："味摩诘之诗，诗中有画；观摩诘之画，画中有诗。"

诗离不开画，无画之诗如梦呓幻觉；画也离不开诗，无诗之画了无生机。这就好比眼看离不开耳听、感官离不开心识、具象离不开抽象、空间离不开时间、左离不开右、难离不开易、顿离不开渐、阳离不开阴、乾离不开坤，一切都指向交融互见，天人合一。这是不同艺术门类进化到一定程度之时，就会出现的更高艺术理想：试图在艺术表现中，打破感官壁垒，实现身心互通的化境。

理想的艺术符号系统，应符合三个条件：简易、不易、变易。简易，是艺术家才华的体现，艺术元素排列组合应以少胜多，令人一目了然。不易，属于艺术信念，将艺术建基于永恒性之上，万变不离其宗。变易，属于艺术感受的敏锐性，艺术符号排列组合能适应时代风尚变化的复杂多样性。

在艺术创造和传播接受过程中，符号的变易性显得尤为重要。就视觉形象而言，古典诗意多具象，现代诗意多抽象。就事象存在的稳定性而言，古典诗意多执着于自然事象之永恒性，现代诗意多执着于社会事象之变易性。因此，现代诗意在绘画中的形象化呈现，更具前沿性和挑战性。

诗与画的合一，就是意与象的合一。诗画交融互见，静态中有动态、具象中有抽象、空间中有时间。象含神韵，神游象外；如水中盐、花中蜜，有味无痕；如水中月、镜中像，有相无迹。诗画交融的理想,就是艺术化的人生理想和社会理想。愿"诗画雅集丛书",为当代艺术中的"诗画交融"提供新契机。

2025年6月4日

序言

风过人间

王运平

我离开一座城的时候,城里正风雨交加,道路上市政抢修的车辆时而可见。列车快速驶离,以每小时337公里的速度行驶在中原大地上。半个小时后,车窗外的世界已无风雨的痕迹,与那座城里的景象如隔天地。

我在朋友的家里遇到过一个奶奶。她坐在轮椅上,满头银发,岁月的痕迹写满每一寸可见的肌肤,眼睛却依然清亮。我笑呵呵地对她说每一句话,她说:"你不必额外照顾我的情绪,我行动不便,但我心里很健康、很快乐,很高兴看见你们年轻人,而且,我永远记得自己年轻过。"我想说我也不年轻了，话到嘴边又坚决地咽下了，在奶奶面前，我必须年轻着。

数九寒冬，我遇到过一场大雪。地上的雪有尺余深，院子里不时传来枯枝断裂的声响，硕大的雪片还在漫天飞舞。天地混沌，仿若一体。屋内炉火旺盛，新烤的馍片发出诱人的香味。我趴在窗前看雪，姥姥有一搭没一搭地说着残缺不全的故事，像是在说给我听，又像是自言自语。我人在屋里，心在旷野，如雪片飞舞。

这样印象深刻的画面太多了。我感谢这些生命中的经历，时常翻拣它们，唯恐它们毫无道理地遗失在时间中。我交给岁月的东西已经太多了，这让我不想再做一个慷慨的人，我已经学会了珍惜，如果可以，我愿意多留下些东西。

我写下的诗歌，多是些简短的文字。一首诗可能只是一个画面、一个事件，是充满个人色彩的简记。我把它们用文字的形式固定下来，这些简单的文字可以帮助我记忆，让我可以在时间面前最大程度地做一个吝啬的人,也可以让我在人生路上最大程度地做一个富有的人,虽然大多数情况下我们难掩生命的贫瘠。

我曾经什么都不想错过
当我沉沉睡去
满天星辰眨了一夜的眼睛

我曾经什么都想留下
夜风敲打了我的窗棂
我只能看着它远去

当我用尽一盏茶的工夫
未能数清一个人头上的白发
我终于明白
我失去的很多中的很多
都不需要惋惜

太习惯眼睛的高度

我只好一次次提醒自己

记得抬头和低首

因为风过人间

不同的高度有不同的风景

是的,刚刚我又写了一首诗,名字还没有确定,我决定就把它放在这里。我在列车上,列车正在快速地驶向北京,身后是我的中原大地,那里的一座城正在风雨之中,一处地下排水管道坏了,一个环卫工人举着小旗远远地示意我们绕道行驶,几个市政工人正站在齐腰深的水中排水抢险。时间,正值料峭春寒。

春天已经来了,万物即将焕发生机。人间春意无私,世间风来可待。

2025年2月4日于列车上

目录

001 慢
002 铺路
003 日子的重量
005 回甘
006 新意
008 另开张
010 行将如是
011 纸短情长
012 灯火黄昏
013 来日方长
015 一时
016 互不打扰
017 微微风
018 无名
019 山并不孤独
021 这种事很多
022 山中时光
023 无声
024 痛痒不明的时光
026 升平

028 咣当
029 人间意
030 残缺之选
031 你总是这样
032 打了还是没打
034 终是
035 人间闲散日
037 悠游
039 我的道理
040 涨潮
041 午餐
042 闲言
043 寻找
044 温暖
046 崖头
047 我们之间
048 轻拿轻放
049 三月
050 这里的日子静悄悄
051 如人饮水

052	以前　以后　今天	084	小风
053	是生长不是坠落	085	荒野行
055	大风西来	086	得赏一二
056	讨自己开心	087	爱如清风
057	两处闲情	089	比着寂寞
058	慢思绪	090	归乡
059	夜雨里的人	091	青菜面
061	下过的雨	092	无法忽略
062	茫茫	093	即日
064	与城在一起	094	烟火有向
065	两间房子	096	说些什么呢
066	话题	097	自不待言
067	时光的影子	098	秋光
068	我的这个秋	099	雪事
069	和云一样	100	无调
070	黄昏	101	天明了
071	卷土也可以远去	103	命中注定
073	昨夜有雨	104	小页
074	苦秋	105	素日生
076	参半	107	我想你了
077	晨时光影	108	一种想念
078	你什么时候可以回来	109	冬日之后
080	昨日烟火	110	不是比较
081	光阴之长	111	待秋凉
082	微微	112	在黄河之畔
083	遥远	114	港湾

115	偶一	145	乡拥
116	和解	147	看见顽疾
117	一截儿	148	雪来
118	记取	149	双向走失
119	远去近归	150	远日再现
122	冬日	151	简约
123	已是不能	152	晨时
125	父亲	153	往之向
126	闲话	154	是夜
127	再走一程	156	在路上
128	发生	157	人间夏至
129	一截疼痛	158	雨事
130	船至中流	159	遥寄
131	天明	160	长者的温和
132	哈哈	161	假日黄昏
133	雾时	163	一夜澄明
134	厚	165	类比
135	明了	166	挣脱
136	悠悠	167	暖
137	眉目清浅	168	绿树白花
138	尘埃落定	169	传承
140	风吹不动	170	一个人的夜
141	独行	172	心无一念
142	父亲的方向	173	好活
143	小辩证	174	春天的公义
144	故事内外	175	大致如此

176 夜半
177 病日
179 远走
180 闻香之旅
181 什么是什么
182 和春日一样
183 土地的记忆——写给新中国75周年华诞
185 城与城之间
186 我不年轻了
187 转弯
190 遇见秋晨
191 心语
192 秋深至此
193 选择
194 束手以待
195 距离
196 文字的欢欣
197 宽窄
198 微醺的女子
199 微弱之界
202 逆流而上
203 独自书写
204 通着电话
205 有人思念你
206 冬将至
207 冬夜读诗
208 时间
209 似是消散
210 承认
211 妥协
212 印记
213 贫瘠
214 旧道理
215 送我的人
216 旅程
217 深夜站台
219 后记　有情细掂量

《东风吹花新雨晴》 纸本设色 2025年

| 创作感悟 |

东风吹花新雨晴,
微茫山影开云屏。

慢

太急于落笔了
以致一些思绪难以落定
在心的旷野漂浮

我把文字写得很慢
希望就此刮起些风
把那些飘摇的推远

人至中年
我已经习惯行走的速度
慢过时间

铺路

楼下机械轰响

压路机的重量

让楼有了感觉上的微微摇晃

这一切很吵

一阵子

或者一整天

明日

孩子们就可以在路上拍球或者奔跑

冬日苦寒

万物凛凛

一条忍耐铺成的路

通往春天

日子的重量

我爱你
这是个深沉的话题

我们的情爱穿越琐碎和许多个日升日落
尚未完全褪色
这真的不容易

有了日子的重量
爱情也就有了厚重的意味
许就是白头偕老真正的期许

天色向晚
我手头还有些工作
结束之后
乘着夜色我去送你
这真的很烦
可是不送我会更烦

就这样

我们穿行于日子

情爱也穿行于日子

《春阴垂野草青青》局部

回甘

一些暖的东西打动了我
我必须像模像样地生活

孤独并没有多么深重
疼痛也是
总是夸大这些是个坏习惯
要慢慢戒掉

我们平和地对待这个世界的前提
是要平和地对待自己

老套的话就不说了
清风越窗而过的夜晚
茶水总是更易于回甘

新意

很多话都大同小异
一代又一代人就这么说着
人疲倦的时候
人世也不疲倦

总是有些新意的
比如父亲和我
父亲想孩子怎么能出人头地
我想孩子怎么能获得心灵的丰盈

再如母亲和我
母亲想孩子怎么能吃饱穿暖
我想孩子怎么能吃好穿得舒适

为着这微弱的不同
这片广袤的土地和我微不足道的家族
走过了艰难的路

总要说话

如果可以

尽量有用而得体

新意还会生发

《峰底出幽鹤》局部

另开张

打扫好房间

心也干净了许多

许是一个新的开始

有些故事

咱们另说

河边的芦苇正在枯黄

不知道它们是否心怀忧伤

一场秋雨正在天空酝酿

它准备下在我的世界里

那就下吧

我认真倾听雨打残荷的声响

《万山浮动雨来初》 纸本设色 2022年

|创作感悟|

细雨初降,万山摇曳。

春意萌动,群鸭戏舞。

行将如是

从这里到那里

有一段距离

具体路径不详

定会有爱恨悲喜

声响并不辽远

枯枝还是听到了春的消息

我一直在等待

又好似从未等待

大雪覆盖了落叶

有人踏雪而来

此后

结局不言而喻

纸短情长

读一首诗
读着读着就流下泪来
这是生命中珍贵的一刻

你还好吗
我对你的心
一如往昔

《王安石〈登飞来峰〉诗意图》局部

灯火黄昏

我穿着厚重的衣服

尽量像一个行者

路过一个黄昏

这个夜晚之后是明天

明天是什么

可以是很多

也可以什么都不是

这不影响我的欢喜

从书店带回一本书

像带回一截骨头

某日

它会恰当地长进我的身体

来日方长

杯里的茶还是热的
你没有走远
也许是刚刚拐过门前的那棵枣树
我忽然想起有些话没说

推开窗
看到枣树的叶子下你斑驳的身影
阳光照着你
照着我全部的心事

我张了张嘴又闭上
一任你一点点走远
消失在路的尽头

来日方长不是吗
那就等着来日方长

想说的话

不是说给你

就是说给别人

或者忘掉

反正来日方长

《疏林远岫带烟霏》局部

一时

薄雾笼窗

远山寂寥如天外之物

人事跌进尘埃

几番沉浮轻漾

残雪零落

初心已然

决意沉入大地

谁的心头

又与己身言和

互不打扰

秋风起了

吹打着天地

寥廓长天里有些云

淡然地想着心事

风紧一点

树叶落得更快更多

有一些打在我身上

断阻了它们飘落的路径

这让我心怀歉疚

万物之间应互不打扰

而总有些事物美得让我不得不靠近

所以我活着

时常怀抱歉意

微微风

我想一直留在这里

说说过往年少

等等此后的白发苍苍

万家灯火之中

我们是微弱的光亮

檐下路过些风

天空飘着些云

那些偶尔流下的泪水

打湿你的衣袖

落在我的衣襟

无名

笔停在伤心处

等待一串哽咽

已是最好的结局

难以删改

接受宿命的人

越来越像她的母亲

流泪的时候

心底生出慈悲

一些不愿落下的叶

挂在冬日的枝头

等待迟来的邂逅

山并不孤独

喜欢山

那连绵起伏的山脉一直在等我

而杂务烦琐

我显然不喜欢只是应付了事

时光爱我

却又显然不能为我多延长一分

虽总难成行

而对山之爱依然

那就等着吧

山等

我也等

这样

我们的等都不算孤独

《天寒日暮仙客啼》 纸本设色 2020年

| 创作感悟 |

天寒日暮仙客啼,江空野阔黄云低。
山南水北人迹罕,庭前院后梅树迷。

这种事很多

风推了我一把
没有推动
它自己步入了风尘

有人喊了我一声
我没有听到
他自己迎接了黄昏

后来风吹了我一整天
没有解恨
又吹了我一整夜
我有时候知道
有时候也不知道

那喊了我一声的人
消失在人海
至今
再没有见过

山中时光

南山之南的山
北山之巅的桥
都压着些云脚

都市远了些
人海就如云海苍茫
我曾是那里的某个人
如此时是枝头的某片叶
醉过风
又醉于鸟鸣

无声

不说了

真的不说了

晚风又来叩窗

请允许我起身一探究竟

越来越明白的平凡

已开成了路边的花

如果南北为竖

那么东西可以为横

在这样铺陈的街道上

我愿意比遇见的一切

都更为无声

痛痒不明的时光

我的文字变得笨拙的时候

一些话如鲠在喉

案头的笔不多

来来回回地换不了几次

文字依然滞讷

到了我这个年纪

眼泪已然是个稀客

轻易不会落下

阳台的绿植叶子

一一擦洗干净

整架整架的书

重新码放一遍

里里外外的地

拖了又拖

身心依然没有轻快

最后

我泡了一杯茶

盯着叶片在杯中轻缓地舒展

仿佛这样

我就对峙了时间

《青城天下幽》局部

升平

说是从此与草齐平

这是否对自己

仍略有抬高之意

皓月当空的夜里

一株麦苗睁开眼睛

凝望四海苍穹

渺小地

欢喜　宁静

《倚栏听风雪》 纸本设色　2025年

| 创作感悟 |

倚栏听风雪，情绪饶万千。
落雪细细诉，吾却无人言。

哐当

看着窗外白雪茫茫

我流下眼泪

一种穿透身体的空

穿过茫茫雾气

从天际而来

浓雾深锁的一切

成为我此刻心中真切的疼

难以覆盖

一切都难以覆盖

万物

沉下心绪

依然你往它来

人间意

一片林子

树叶落尽

光秃的枝丫撑着天空

另一片林子

叶黄如染

仿若重彩的画卷

夕阳照着远山

相顾无言

晚风说着碎语闲言

此时的人间

放下执念的人离开驿站

形色温暖

残缺之选

三十有年
从未如此艰难

生活踩住了我的脚趾

有两个选择
被钉死在这里
或断趾求生

其实选择只有一个
此后余生
残缺地行走

你们别哭
我自己流泪就行
残缺之后
可以再无春声

你总是这样

请你停下眼角的泪
在它滴落之前
有个问题需要讨论
咱俩应该谁先哭

你不可以这样
总是抢先流下眼泪

这样的次数多了
慢慢我明白
有些特殊的人
有些特殊的事
我们需要特殊对待
道理与逻辑
只能默不作声

打了还是没打

夜色深了一点

我拨通了一个电话

什么也不说

对方也不说

我们在电话的两端静默

许是这样就够了

我手里的工作未停

专注于纸上的文字

钢笔的墨已用尽

我更换了一个墨囊

然后

更深地进入文字

及至午夜

我起身上床

我打了一个电话

又好像没有打

《水面浮舟》局部

终是

总是有那么一瞬

百感盈心

新伤翻开旧痕

连阴雨穿过漏顶的老屋

总会有人哭

泪滴落在手臂

他们学会了轻轻擦去

也总是有人选择坚强

终日翻拣着心中的阳光

人间闲散日

这是生命中闲散的一天
只有几件简单的事情要做
洗头
洗袜子
读几页书
还要去林子里走走
顺便看看日日在楼下流淌不息的河

先做什么呢
我不想费心思量

头首先痒了
我洗了头
心后来痒了
我就读了书
再后来觉得孤独

我就走进了林子

在河边的一棵树下伫立良久

风吹跑了日头

天黑了下来

《山花浪漫》局部

悠游

日子寻常极了

似乎不需要心去勇敢

连心灵的独白

也会有些欢快的底色

几个和我吵吵闹闹的人

有时离我很近

有时又离我很远

我们之间不需要隐忍

河边的那些树

是真正的守望者

风吹过四季

它们一一作出回应

对我退过一步的人

我也对他们退了几步

我们之间天宽地阔

《山火》 纸本设色 2024年

|创作感悟|

山的真身，叠加亿万年的沧海桑田；

夜空的星，折射那遥远过去的光芒，

都是历经千年才投进我们的眼眸。

我的道理

我数着日子
偶与它说些闲言碎语

其实日子从来不急
火急火燎的是我们
太阳从东方升起
我们把它从西方拽下

很多东西只是摆摆样子
趋之之人就日夜疾行

你不同
你不是摆摆样子
你保持美好与善良
好像从不费力
所以
我花些时间对你微笑
一点儿也不浪费生命

涨潮

泡杯茶

不喝

看它浅黄的色泽在杯子里漾开

深灰色的叶片慢慢舒展

窗外的鸟叫出好听的声响

没有人找我

也没有事儿找我

谢谢生命的馈赠

晚一些时候

有个人要来

等待她的

除了我

还有这里所有的陈设

午餐

在一个闻着空气就知道是秋日的午间
阳光暖暖地照着学校餐厅的落地窗
我打了一份饭
认真地吃着

还好
没有人注意我
这说明我并不扎眼

这里全是年轻的味道
熟悉又陌生
饭的味道也好
我喝了两碗汤
收完餐具后
我走出餐厅
一地阳光跟着我

闲言

我在写诗

又觉得笔下的文字离诗很远

房间很静

滴滴答答的雨敲打着我的窗沿

悦耳动听

思想是个神奇的孩子

穿越无边的雨雾走进又走出

却没有打湿衣衫

如果我愿意

我也可以穿越雨雾走进又走出

但雨会打湿我的衣衫

我平凡又时常满怀心事

世界给我什么

我时常难以修饰

寻找

人真的会死

有那么几个人
我再也没见过
不管我多么用心
跑上多少个来回
再也没见过他们
这让我一旦想起就忧伤不已

回过头来
看着活着的人
他们好好地活着
这多让人心生欢喜

温暖

这几日北京没有下雪

我的老家则不同

听说此刻正大雪飞扬

我曾在一个黄昏

踏雪而行

从小城的一端走到另一端

看尽小城烟火

那时我极为确信

大雪覆盖了小城

小城依然温暖

现在

必定依然

《海上牧场》 纸本设色 2023年

[创作感悟]

云淡风清的夜，晓风绕起的晨，
夏日最末，阳光炙烤着大地，
海风送来丝丝凉意，繁花绽放在心头，
回忆终将温暖流年。

崖头

天那么冷

你何必坐在风里

为着你的固执

我该支付多少心疼

生活的崖头与群山齐平

幽静的山谷

何必尽植昨日之花?

明日

当新荷又绿南窗

是不是应该抬头微笑?

我们之间

我们和解了
一场争吵到此结束

你安心地走了
夕阳照着你的背影
背影还是那样
似是永不解岁月的风霜
解尽的是岁月的风情

还会再吵
还会再和解
我们就是这样一路走过来
也会这样一路走下去

有一天
你再也跺不动脚
我也说不出言语
我会用眼神告诉你
开吵与和解的信息

轻拿轻放

始于昨夜的这场雪还在下

纷纷扬扬

飘飘洒洒

这之间

我打过几个电话

知道千里之外

你和她们那里也在下

有朝一日春暖花开

我会记得冰雪曾经同时覆盖了我的世界

和我的惦念之地

对于这些

此时和彼时

我都不会过于悲怆

我已经学会了对一些物事

轻拿轻放

三月

又是春日

柳条绿了

杏花开了

一切都在老地方

像极了去年的春日

就连冬日离开的那个人也不肯真正离去

她长歇在近处的雪松树下

世界低矮

阳光俯身而来

一些模糊的暖意

逐渐清晰

这里的日子静悄悄

什么都没有发生
日子静悄悄的
没有一点声响

窗外的天空辽远
房间里有一种寂静的空旷

绿萝的叶子青翠蓬勃
流淌着生的喜悦
报刊书籍挤挤挨挨地堆在案头
争相说着学理与故事
后来它们许是累了
像我一样沉默

如人饮水

涧水河是美的

而它的水并不十分清澈

水质微黄

水面飘着些草木的碎屑

它不完美

这很像你

也很像我

我知道它全部的身世

可能身世大都相近

喜与厌就没有增减

我在它的岸上

它在我的身旁

我们互相对望

流水如流年一样

以前 以后 今天

你又说起从前

是的

是有些疼痛的过往

那些难熬的悲伤之夜

在你的叙说里升起一轮明月

月光之下的记忆

纤毫毕现

伤痛浸泡过的时光

多年以后泛出甘甜

所以为了过往

也为了今天

如果有泪水盈然

我们应该欢喜地相信

以后的某天

它们都会回甘

是生长不是坠落

走过的时光有重量

坠在心的一端

即使万般艰难

也无法背叛

从父母的身旁

我大张旗鼓地出走

倔强地进化

我与他们是多么的不同

可时光与生活是两条固执　坚韧的锁链

它们竭力维系一如既往的步调

更是竭力让我相信

我可能也重复过父辈的伤痛

如果可以

我愿意多一些顺从

倘若谁的心头更为清明

《京华雪》 纸本设色 2022年

| 创作感悟 |

天青暮朗雪候日,红墙绿瓦白没之。
东风卷叶知人世,梅花怒盛待何时?

大风西来

雨停了
风还在刮
白杨的叶子们哗哗作响

老城墙有些醉了
在浓密的绿叶中时隐时现

这些明亮的事物集中摆开时
给予我的
是一场美好的遇见

讨自己开心

天边有些云

镶在蓝色的天空上

它们相得益彰

我有些心事

散落在心中

凌乱

我把步子放轻一点

生活是不是就听不到我的声响

余下的章节

是不是可以一带而过

这样想着的时候

心情轻松起来

像是真的可以一样

两处闲情

在一个古老的巷子里

我踢踏着一块石子

石子与石头之间摩擦出的声响

不悦耳也不讨厌

有几个人围坐着烧烤

浓郁的香味儿四处飘散

引得我口舌生津

没有风

叶子也还是会飘落

并且悠闲自得

我的思绪天马行空地跑了几千里

那个我等的孩子

依然在观察着蚂蚁

兴味犹浓

慢思绪

雨日
带把伞出行
一些雨点打在伞叶上
更多的雨点打在地面

其实都一样
它们都会走远

就是赶路吧
不远处的河边立着太多人的沉思
那些翻飞着的
有着婉约的色彩
我极力省略着这些
等待时光把它们做旧

夜雨里的人

如果我不打伞走进雨中
想必很快浑身湿透
那样应该会很冷
不用真的这样做
想想就流下泪来

世界真大
人也真多
这么大的雨中
远处的大道上依然车水马龙
他们都和我没有关系
我是一个寂寞的人

那个说爱我的人在远方
生活把她扯成风筝
她把我扯成风筝

这样的雨夜

思念会浓烈一些

我倚着窗看雨

看夜黑得毫无道理

《雨余春色浩无涯》局部

下过的雨

一天一夜的雨
下得煌煌如注
抓起人的心
扔进雨里

天明之后
晴空万里
阳光照进来
恍如隔世的神谕

这场走过的雨
犹如走过的人
掀翻些地方之后
无声离去

茫茫

天空苍白空旷

可以写下很多

也可以长久凝望

此刻

我一个人背着简单的背包

行走在苍茫的旷野

我并不孤独

也不忧伤

天地只是给出大美之象

无意话人世短长

《雨余春色浩无涯》 纸本设色 2025年

| 创作感悟 |

抱月如有明,怀风殊复清。
笔中含意绪,墨花沁春情。

与城在一起

一只鸟在窗外的林子里叫着

声音不算动听

还有轰响的车鸣

也传将过来

表达着人世的喧嚣

秋日特有的味道散在四野

谈不上极美

也足可慰藉人心

如果没有什么特别的原因

我大抵会在这座城里老去

埋在某处的一株树下

与它一起再入四季

两间房子

两间房子

立在田野

愿意接纳来自四面八方的风

也愿意坐看四季匆匆

对于那些秋深了不肯落下的叶

春来了不肯柔和的风

它们看它们

也只是觉得彼此俏皮生动

话题

你笑起来很好看

只是你近来疏于微笑

我很想和你谈谈

入心的那种

不远处的梧桐树下

有个面目清秀的孩子

他在向这里张望

我们聊聊他吧

这个话题如何

是否可以让你谈兴十足

并时而灿然

如果可以这样

我也会感到幸福

时光的影子

岁月的光影中有多少尘埃
以至我的伤痛也风尘仆仆

所有的一切都需要时间
连那些默不作声
也需要时间
来表达它是如何地默不作声

我的诗句简单了一点
无法表达我所有的感受
甚至无法表达此刻阳光照在我身上
让我感受到的美好

地上的风
也刮在天上
你看
云朵在飘
云朵之上
藏着我的忧伤

我的这个秋

在这深秋的时光里
有人打电话让我一个人出来走走
这个建议妙不可言

北方的这座城
深深浅浅的叶片如花似锦
赶来的风紧走几步
搭上了秋的列车

走走好啊
落叶铺在地上
华贵得让我不忍踏足

还有
一个时刻准备出发来这里的人
已收拾好行囊
他也会赶上我生命里的这个秋

和云一样

有些事情

你不说

我已经忘了

即使你说了

我也有点怀疑

它是否真的发生过

那么关于这些细节记忆的错漏

我们是否要争执不休

来吧

我们一起去河边走走

那边有些莲

不理会秋风

倔强地开在芦苇旁

也许

关于春天里发生的事

它们正在争执不休

黄昏

这是夏日的黄昏

天气依然闷热

有鸟飞过天空

还有些随意的风

河水清浅

几个垂钓者写意着闲散

我只是路过

他们也是

无意客串于这片风景

夕阳坠落后

都有谁

还愿意在路上

卷土也可以远去

允许这秋日的雨无休止地下

允许一个人在生命中卷土重来

这两者之间是否略有不同

其实都一样

可以选择逃离一方天空来避免一场雨

可以选择死掉来规避一个人

也其实

我们大都不必这样决然

夜可以长到没有边际

而我们

可以选择睁着眼睛

《云淡风轻露华浓》 纸本设色 2022年

| 创作感悟 |

造境必合乎自然,写境必邻于理想。

昨夜有雨

昨夜有雨

那似乎和今天没有关系

太阳明晃晃地挂在天上

街道行人稀少

小型的菜场开了冷气

我选了几样时令蔬菜

从原路返回

烟火

在心间升起

日子是一种延长的绵延

还有等待

是绵延之外的绵延

昨夜那场下过的雨

再无归期

苦秋

我给一个人说

我心情不好

今天你对我好点

说完挂了电话

然后自己流下泪来

窗外的秋雨执着地下着

有些微风

刮在秋雨之中

给人些许的凛冽之感

秋日有收获的喜悦

也自带些肃杀的苦涩

就是这样

我们要接受一切

河边的芦苇

已大片大片地枯黄

尽然地失去了盈盈之态

我看见

它们陪我落下了几滴泪水

《云淡风轻露华浓》局部

参半

我需要些时间
来雕琢一下心情
而时间总是匆匆
给我许多无奈的光影

在一些痛中
我感受到人生的真实
在真实的三角地
又一次次于边缘重生

也有欢喜的时刻
如清风拂动鸟鸣
来敲打我的窗棂
如你温柔的眼睛
轻轻抚摸我的背影

晨时光影

天色蒙蒙发亮

街边的路灯集体安歇了

我还没有睡

案头的一夜灯火

燃尽了我所有的孤独

有些零星的雨滴

偶尔落在我的身上

还有些不知所以的风

随意地游荡

这是周末

早起的人依然很多

全都行色匆匆

整个街道清清爽爽

无人落寞地踟蹰

你什么时候可以回来

雨劝解不了自己

越下越大

雾气浓重得像一杯陈年老酒

你什么时候可以回来

我们临窗喝些茶

雨水把窗前发黄的树叶洗了又洗

它们已美得不可言说

我也劝解不了自己

思念越发深重

我新充了燃气费

扭动煤气灶的旋钮

蓝色的火苗燃进我的心里

就煮两碗白粥吧

与你一起

《西湖诗意图》 纸本设色 2021年

| 创作感悟 |

自弄扁舟一叶轻。

昨日烟火

那条路还在
熟悉的烟火气迎面而来
我只是路过
你不在
路口有点儿寂寥

秋日的阳光饱满
那些干净的日子
已化作夜空里散落的星斗
有时候我一抬头
它们的光辉就流进心田

远方不必再有什么
我也不去
一些草木年年都来
我始终没有离开

光阴之长

芦苇旁边的那些植物

我叫不出名字

有人告诉我它们叫菖蒲

它们与芦苇一样

年年立在楼下的河边

此刻

秋雨正沉醉地纠缠着万物

也纠缠着它们

我忽然就有些感动

流水与桥头互为过客

不成忆的过往

勾勒几笔忧伤

涂抹在秋日时光

微微凉

微微

我哭了

没有人哄

后来我自己好了

我笑了

笑了一阵子

也就过去了

日子就这样过着

一个晨跑的人大汗淋漓

一片金黄的银杏叶落下

又被风轻轻吹起

遥远

夕阳划过地平线

留给远山一些孤单

牛羊归去

寂寥了草原

天际线的这边

我捡拾着空旷的辽远

有些微微风

从草尖到草尖

把静谧之音播散

脚步轻抬

夜临人间

小风

三杯酒

喝下一些心事

几句话

说完一段过往

我成了现在的样子

没有一点刻意

时光推着我

河岸推着流水

菊开了

九月被点燃

不远不近的人

会在哪里转弯

新月在天

照着万物和流年

荒野行

我想走向荒野

方圆百里没有人烟的那种

看一下那里的朝霞和落日

看一下那里的星斗和新月

还要比对一下

我和荒野

谁更荒芜

然后

在那里放置下心中那些来历不明

且去无可去的种种

再然后

我的生命重又轻盈

而荒野并未因此沉重

得赏一二

心忙

不可开交那种

生活依然是原来的步调

不紧不慢

并未平添出更多新意

心的无限收紧一点

跟上生活的节奏

累就减却许多

河边的秋色浓郁

能看见的人

得赏一二

爱如清风

什么季节

一天中的什么时间

天气如何

这都不重要

窗外不必曲水流觞

草木不必葳蕤遮天

甚至

不必有窗

如果过于清贫

淡茶也可消黄昏

我在等你

《岁朝清供》 纸本设色 2024年

[创作感悟]

白露漫染徽风亭,半山煮酒放歌行。
醉下万千摇枝叶,又是中秋一轮月。

比着寂寞

太阳升起来了

挂在我正前方的天空

只是大而明亮

街头依然清冷

行人匆匆

从城西到城东

是时间的一瞬

我的穿行

沉重又寂寥

也可以叫作无人打扰

接下来是寂寂白昼

不等谁

也无人等我

天边什么都有

我的世界也拥有很多

它们比我还寂寞

归乡

我正在归去

路途遥远

有着适度的艰难

也许有人在等

也许无人在等

只是有些旧日的物件吧

陈列在旧时光里

如果能够看见旧日的天光

许是能有些旧日的怀想

身边的街道依然熙攘

而我只是个沉默的归乡人

青菜面

很多故事结束了
结束了就是结束了
其中的大多数都没有一点回声

吹皱河面的那缕风
恰好吹过我
正当午时
阳光很好
恰当的暖意围着我

为了一碗青菜面
我在街头仔细地寻找搬迁了的那家老店

煮面的阿嫂还认得我
从我的青年到今天
她似乎没有什么改变
当然不变的
还有那碗青菜面

无法忽略

我捧着一本书

坐在落地窗内暖和的阳光里

文字轻快

勾勒出诸多的不言而喻

一些走远的风

从历史的缝隙中吹来

摇了摇现世的枝条

又倏地远去

近处的河边

立着一株柳

初春着意

把它扮成了新嫁娘

即日

拉开窗帘

阳光照了进来

天气真好

不远处的河面波光粼粼

映着人世安稳

昨晚夜凉如水

一个执拗的人独立桥头

抬眼望着天上执拗的积云

昼与夜之中

哪个是我

衰草看见过

谁的眼泪在滑落

烟火有向

俗世不好吗
烟火的故事交织叠加
温暖驱使众生

我就在这之中

泪流下之后
过往深潜
还会有新的故事
还要流下新的眼泪

风压低田野
云抬高天空

俗世之上
人心之中
溪流淙淙

《山花浪漫》 纸本设色 2022年

| 创作感悟 |

夏至始生,蝉感鸣槐。
轩窗栖白云,诗酒话丹青。

说些什么呢

又是一年叶落时
那些沉寂于地下的亲人
给我向死的勇气

有一天相遇
说些什么呢

叶落下来
大地给出怀抱
菊花灿灿地开着
热烈浓郁

故事翻新
情由却大抵相近
山川排列着壮美
人世更迭着爱情

而我
一切都还好

自不待言

我走

月亮也走

这样的景象很庸常

句子也很老套

但是

能看见月亮这样陪着我的时候

我依然觉得很美好

有一个人在我的生命里待得久了

平常起来

我需要

也愿意时常温习初见

以许爱如新

秋光

入秋了

草木染上些许的萧瑟

远处的山脚下

几片庄稼谈兴正浓

关于消亡

关于收获

关于九月秋光

我走上桥头

同行的是一阵接一阵的风

几只鸟在河面低空盘旋　偶与我近在咫尺之间

桥与桥外

秋意如海

雪事

今冬会不会有一场大雪
纷纷扬扬地下
然后多一点留存的时间

如果真的那样
我将很是欢喜

厚重的棉衣下
我们拉着手
从茫茫里来
到茫茫里去

心和雪野一样
白到了无痕迹

无调

云在天上

很怡然的样子

一些轻柔的曲调悄然飘进心中

秋寒稍缓

人间舒适

陌生的人们路过我

我与他们互不致意

大家都很安好的样子

太阳还没有落下

月亮已经升了起来

我在这样的黄昏

很想念自己

天明了

我在等待天明

其实
天明了又能怎样

一个温婉的女子
走过人生的长路
在这里
有过短暂的停留

故事很多
没有几个像点样子
这样也是老去
那样也是老去

不哭又能怎样
忍下的眼泪慰藉不了某些苍凉

你不要难过

天明了

或许四野晴朗

那样

我度过的今夜

或许零落无伤

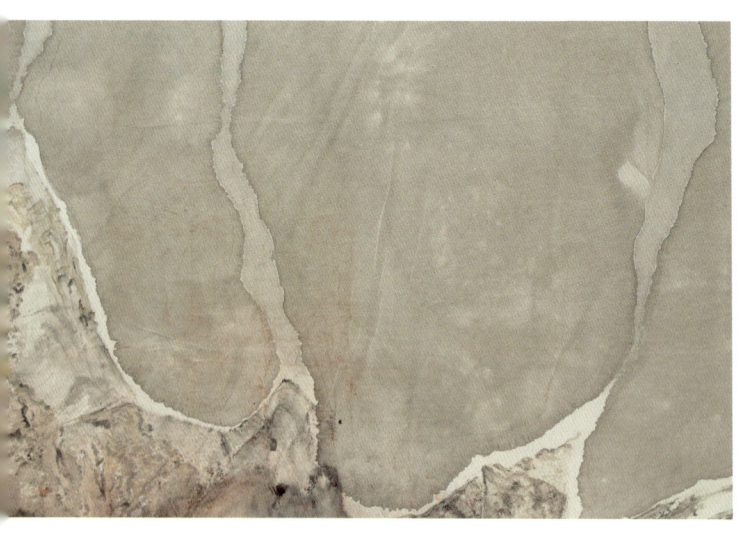

《山火》局部

命中注定

你又说了两句

我喊了一声停

窗外树枝上的那声鸟鸣

倏然滑落

去向不明

轻

让我们一轻再轻

琐碎做旧时光

无法做旧他们说的

命中注定

小页

剩下的纸张太少了

那就写首短诗

这样我也不觉得有什么委屈

茶叶不多了

我仔细品味淡茶的味道

原来淡也有淡的清香

失去的越来越多了

没啥

真的没啥

反正我真正需要的

本来就少

素日生

一年将尽
亲爱的
这一年我们很不容易
尤其是你
磕磕绊绊里
为了我
你忍下了很多

我早已不是铁石心肠
甚至
不再是个倔强的人
你说过的很多话
我都记在了心里

你看
每一个日子里
我都会多次想起你

画家绘法有如禅家纲宗，解者甚少，意苦瓜和尚有句云：细雨霏霏远湮湮，墨痕落纸虬松秃，能鉴赏否？

久不作泼墨雨霖皴法，今忽笔端现，山木杳深，咫尺萌萌，临溪凉晚，千亩花香，

《青城天下幽》 纸本设色 2020年

[创作感悟]

我想你了

我想你了

每当这样的时候

时间就走得有点慢了

阳台上那棵辣椒又开了一轮花

星星点点的白缀在绿叶之中

美得纯粹

像极了人海中的你

人世扬尘

你也不可避免地接纳了一部分

我想定是你心海浩瀚

才能让你走过那么多的路

步态依然轻盈

我想你了

每当这样的时候

我就和你一样

步态轻盈

一种想念

一夜大风
刮来了秋天
雨起于晨时
淅淅沥沥
下得缠绵悱恻

我一手抱着孩子
一手撑着雨伞
步行送孩子去学校
我的鞋湿透了
孩子的鞋滴水未沾

雨雾中
我把那些为我湿过鞋的人
深深想念

冬日之后

阴雨霏霏

空气清冷

我又穿上棉衣

在楼下的园子里漫步

杏花已落

桃花初开

枯黄的败草下

新绿已隐约可见

这是人间初春时

一切都好啊

麦苗在野

我在人间三月

不是比较

晨时的街道上
清冷的风扫着几片落叶
和我一起
路过很多人

一对年迈的夫妻
各自拎着一小兜青菜
并肩走在人行道上

他们不像我
我基本上还一无所有

一些事梗在心头
等待冰雪消融

待秋凉

我瞪着眼睛

久也不哭

直到双目酸痛

一切都是那么好

一切又都是那么糟糕

树上的叶子黄了大半

天气却反常地热

风吹得起劲儿

也难起萧瑟肃杀之意

我脱下外套

挂在一根断枝上

看它迎风摇摆

这个时候

我想你了

妈妈

在黄河之畔

地上的叶枯着

枝上的叶绿着

他们在春风里想着各自的心事

留下些前世今生的怀想

许是不能再美了

许是可以再美一点

长堤的臂弯里

大水茫茫

带来的风穿林越野

去往大海的方向

《春阴垂野草青青》 纸本设色 2024年

[创作感悟]

录宋人诗颇得禅意，于山外水畔怀古人幽意，千想妙思为心迹乎，久居城内终日碌于琐事，营营于生计也，唯于画中求闲散之情，山林之思也。

港湾

妈妈

你看看我吧

静静地看看我

什么也不用说

在你的目光里

我又变成了孩童

这样真好

平复着焦躁的心

再递给我一杯热茶吧

妈妈

天明我就再出发

偶一

天冷了

我又立在桥头

谁的江南暴雨如注

有些事物不是我心中所想

他们的到来

让生活忽然陌生起来

华灯初上的街头

一些风

来去无踪

和解

说不清了

也倦于说了

那些关于爱和不爱的话题

你不是最好的样子

我当然更不是

我对你包容了很多

你也一样

下个假日

我们出去走走吧

除了你

我什么也不带

去一个不拥挤的地方

听听那山谷来风

一截儿

清晨

我在雨中醒来

窗外的世界青翠苍茫

昨夜的那些沉闷

你心里还剩下多少

我撑起伞走进雨中

顶着被雨丝拉低的天空

问询着心绪的高低

时光流淌

日子把它剪辑成册

深潜心底

记取

花开的时候

我做过最为长久的停留

花谢了

绿色的叶子掩映着青色的果

每次路过

繁花再现于心头

一路上

孩子的真切

长者的温和

我长久地记取于心

一些用来填平沟壑

一些用来点起灯火

远去近归

我又想起你

还要再一次把你写进诗里

你那么爱我

这一生怎么可能不想你

你教导我的一些话语

小时候我不肯听

现在也不肯听

但我肯接受你话语背后的暖意

你教导我的另一些话语

现在我也时常说起

我愿意尽量活得像你

我心中的光明之所

是你的不争之地

冬日

穿越一座城的冷

去往车站

路边的林带依然宛如锦绣

风扫着一切

夏天走了

秋天也走了

这里正值初冬

给出行染上了奔波的色彩

田野葆有着朴素

新出土的麦苗铺展得辽阔

把希望装满我的行囊

已是不能

思绪被田野折断
事情的缺口撕裂般疼痛

去往一个熟悉的地方
见一个熟悉的人
陌生的只有过路的风
尽管这样
我依然将此称为出行

一些事
已是不能
远山蒙蒙
苍穹蒙蒙

《彩虹渔村》 纸本设色 2024年

|创作感悟|

落日铸秋影,镜波映碧空。
欲穷千山影,留念一炷香。

父亲

我在旅途

想到你走过的路

想到你一路的风霜

父亲

我必须流下眼泪

我路过的地方美丽富饶

而你正在失去一切

父亲

我必须流下眼泪

我远行千里

长成了一个朴素的人

父亲

这可否将你安慰

闲话

水没了

桥还在

丢掉一双鞋

像丢掉一段过往

云天一色

天地苍茫

我没有赶上的那列车

径直开向了远方

那个在麦田行走的人

没有喝过丹江水

再走一程

阳光透过站台顶部的间隙照进来
打在我的身上
这样的我看上去一脸阳光

就要离开此地
人流匆匆
汇成汪洋

我们都应该是幸福的人
甘于像风一样
奔走在山高路远的旅途

发生

空旷的地方

阳光是整块儿的

公平地对待万物

慈悲温暖

这样的时候

一些暖和的人与事爬上心头

万物低矮

心事蒸腾

一切正在发生

一截疼痛

丢掉一个老物件儿

像丢了一截骨头

北京很大

骨头很小

无处找寻

还会丢掉什么

那些被迫留在风中的

已被风埋进漠漠沙丘

传说初冬的北国已冰天雪地

那些杳无音信的

都是决然的人

船至中流

夜那么凉
近乎于冬的冷
让一个有家的人
顿感漂泊

我曾在乡野
后来到闹市
两者之间
都是简单的生活

秋风笑过我
也曾让我深感落寞
现在冷雨打窗
已无人评说

天明

列车驶进中原大地

送我走近一些人

忽然的自我

心绪豁然

天辽地阔

一点依恋

一点厌倦

是一生不停歇的挂牵

枯草迎风

拨动人的心弦

站台上温暖的目光

卸下我两肩的风霜

哈哈

我原谅了你

之后我马上明白

这样的同时我也原谅了自己

电话那端你明朗的笑声

像风打开了三月的花期

于是我也笑了

我们之间比较适合随意

庄重是人间事

如果愿意

我们之间可以不沾染人间风雨

雾时

清晨

远雾如锁

心如天空空蒙

白玉兰开在冬日的梦里

一如隔世的依恋

沟上面有道坎

坎那边有道梁

风中传来的哼唱百调百腔

你看旷野里低头的那个姑娘

娇羞地令万物向往

厚

太阳起得迟了一点

云雾遮住远山

我想指给你看的枫叶

成了模糊的一团

一些路弯曲

一些事顿挫

那些宽厚的人伸出的手

让我学会了很多

如果没有如果

余生还有很长

我会向你一一指认

那些红过枫叶的心肠

明了

我在这里很平静

原有的悲喜倦了

隐入心原的某处沙地

眼睛越发地明亮了

已能看见万物

季节还在更迭

在不同的时节

爱上百态的草木

埋头书案的时光

已与勤奋无关

那些真相大白的事实

直白地表达着春天

悠悠

云的左边

是我

云的右边

是天空的蓝

微微风来

云悠悠

心也悠悠

南国之南的暖

北国之北的寒

来过心头

去过云天

眉目清浅

捧在手里

捂在胸口

高高低低的路

小心翼翼的心

粮食的意义

在饥饿里成形

珍贵的春光叫醒禾苗

人心的指望路径清晰

父过七十

师过九旬

我终得一汪碧泉

尘埃落定

你我之间

这次算作尘埃落定

余生柴米油盐

相约白头

就是恒久地置身微末吧

也可以语迟若哑

我们的头颅不高不低

举在合适的位置

我们和生活之间

互相温暖

《柳浪闻莺》 纸本设色 2021年

|创作感悟|

秋雨忽送西窗影,一片江南落素绡。

风吹不动

我觉得自己什么都没有的时候

我会想起一些人

觉得自己还算富足的时候

我也会想起一些人

这二者的交集

是我的生命之重

我可以失去很多

唯独承载不了交集的失缺

生活的运算法则篡改着你的命运

涂抹修改着你的容颜

我依然像个孩子一样

虔诚地爱着你的一切

独行

无话可说的时候

我选择沉默

窗外那么多草木

永世无言

它们那么美

与语言无涉

岁月的面孔陈旧

我们正在重复

微弱的删改

打动不了时光的心

似乎一切陷于重复

人世短暂的行者

独自承接繁华与落寞

父亲的方向

父亲瘦成一株庄稼

长在一座小城

在钢筋水泥的世界

铺展着来自泥土的心肠

被时光认领过的淳朴

充溢着所有的日子

青草已现长成之势

父亲还遥遥地指着庄稼的方向

小辩证

曾经是你

曾经的许多都是你

你曾因此骄傲

你说有些事毫无道理

我也曾深切认同

后来我知道

没有什么能大过事物之理

远的终是远了

近的终是近的

远山之上有些雾

远山之下有些光

你不在意

就都和你没有关系

故事内外

因为你的存在

这一刻我觉得很孤独

初冬时节

每条路都有属于自己的落叶

每片落叶都有属于自己的归途

季节的轮廓逐渐模糊

我时常想念的似乎只有冬日的寒冷

我相信某一部分的死

可以换来某一部分的生

舍得之道不胫而走

草木与人

万物皆知

乡拥

起风了

下雨了

土腥味儿扬起来

又很快飘散

我知道

一些事物并不遥远

五月

即将收获

谁在梦里

看见大河两岸滚滚麦浪

《吉祥草原》 纸本设色 2016年

|创作感悟|

爱此坝上片翠山，人卧秋云草木寒。
心期此日同游赏，把酒当歌醉阑珊。

看见顽疾

现在生活很安静

这是你接受了我

这是我接受了你

这样的时候

我才看见自己

抱着一些顽疾

春天的花开了

冬日的雪下了

你和万物都是那么好

我像年少时一样

把自己送到路口

远行

雪来

前几日下的雪还没有完全消融

今晚又下了起来

雪花伴着些风

恣意地洒落在我的世界

一株辣椒在暖室发出新芽

开出白色的花

过几日

许是能结出如秋的果实

这些

交给时间

我泡上一杯茶

叶片在杯中一点点打开

像我陈年的心事

在雪夜一点点苏醒

双向走失

这个清晨
我醒得早了一点
窗外的残雪还在
光秃的林子里传来一些鸟雀的声响
这个时候
你忽然来到我的心头

嗨
真是多年不见

余生
若还有一次相逢
我必当笑着迎你
像笑对一场春雨

远日再现

你走以后

日子很多也很长

我时常一个人坐在河边看夕阳

河里的水清澈

终日游着些成群的小鱼

岸上也常刮着些微风

那时候我想

我失去了那么多

多幸运脚边还有一条河

夕阳落下去

月亮升上来

那个在夜色中喊我归去的人

是我遗失的菩提

简约

一些情状无法描摹

比如这个初夏的清晨

凉爽的风透窗而来

在我身旁绿萝的叶片上显现踪迹

我在读一本简约的书

在这种简约里

我简约着自己的心情

几片叶子来自高山

在我的杯子里漾出它美好的年华

晨时

天已经大亮了

太阳还没有升起来

我行走在披着微露的林间

这片世界满是清爽

地上的草密密匝匝

交织着复杂的心事

无关敷衍吧

它们此刻交出的绿

彼时交出的枯黄

都是那样的全力以赴

世界已然

如果总是贴近泥土

终有清风过耳

往之向

那么庸常

如此短暂

云在高天之上

风吹动它的过往

六月

阳光已烈

苍翠之下的林荫路上

流淌着模糊的向往

老旧的单车远逝如新

熟悉的铃声

摇醒一段青春

是夜

从一条街拐进另一条街

心情未起波澜

很久了

城市一直眉目疏朗

我一天比一天简单

麦子收割后的土地

广袤低矮

夜晚来临

四野安详

是夜

汨罗江的水

流经人间

《时代湾区赋》 纸本设色 2021年

| 创作感悟 |

才赏唯美新视界,又临南海大湾潮。听涛声雷响,说那百年沧桑;看长桥若虹,直达天涯海角。云山堆砌,巍峨乎泼然天宇;大厦耸峙,岸然兮南国脊梁。飘飘风叶,留白处仙姿舞动;郁郁老树,点染来古迈河山。粤港澳东方神话,画图难足;大湾区锦绣册页,聊取一章。斯图斯景斯情,足塔让人神往。流连再三,搜句以上。辛丑春 粤港澳大湾区一瞥。

在路上

昨夜

有雨

打湿些日子的微尘

河水清澈

暗夜里照见了时间的裂痕

我愿意看见

可以被省略的隐忍

然后在不可避免的隐忍里

聆听命运可能的禅音

人间夏至

田野绿了起来

掩映着麦茬的黄

人世的殷实

接续而来

招摇在天地

阿婆的喜悦

鼓舞了这里

时间去往十月

不辞风尘

雨事

我走在雨中

形同草木

远山蒙蒙

潮湿了耳边的风

我愿意欢喜

愿意接受感动

当雨水在草间呈现晶莹

我又一次揽尽世间风物

双目葱茏

遥寄

小城的巷子里

走着一些人

他们的步履有着时光的余韵

巷口的那棵树

有了岁月的痕迹

这样的夏日

树叶打散阳光

斑驳流泻一地

拿着冰棍儿的孩子

也会跑进跑出吧

日子缓慢

巷外的世界

颜色已经褪尽

又在他们的心头

重新着墨铺展

长者的温和

风大

雨急

行人匆匆

街头有着秋日突然的冷

于是我想起您

您微皱了一下眉头

然后说出了温和的话语

我知道您那温和的心地

对我给予了怎样的耐心

明日

明日也难免却风雨

而您的温和

总能带我勘破岁月阴云

假日黄昏

黄昏时分
园子里的空气有着浓烈的秋意
几个孩子在沙坑中玩耍
我也是家长之一
在沙坑不远的地方踱步

风吹过来
林子里的树叶沙沙作响
几只鸟飞过天空
远处的街灯亮起来
照见人世的安宁

《王安石〈登飞来峰〉诗意图》 纸本设色 2025年

|创作感悟|

胸中有丘壑,眉间有山河。

一夜澄明

我又熬夜了
窗外的世界并不寂静
不远处的水泥路上
时有车辆驶过
车里人的故事
带给我些许遐想

我是为这些文字
他们是为了些什么
在夜的深处奔忙

天上的星光高远
地上的灯火散淡
树影幢幢
模糊一团

我接受文字的劝解

也接受生活的慰藉

如果可以

我不把这称作妥协

《岁朝清供》局部

类比

西边的夜空只有一颗星

我知道那不是你的眼睛

晚风谨慎

不带来任何消息

却执拗地扯着我的衣襟

命运是个爱哭的孩子

我与它不同

我行将不惑

正在试着用它的泪水

浇灌干涸的心

挣脱

我很确定

我不甘心

就这样把自己遗失在春日的角落

是的

在一片新鲜的蛙声之中

我刚刚痛哭了一场

命运之声已然破旧

在左一片右一片的油菜花旁

泪眼婆娑

暖

南来的风吹动水面

试图打动这个春天

一些文字就在唇齿之间

欲诉能言

梁上的归雁

低声呢喃

一树桃花

心思缜密

立于河岸

在开与未开之间

绿树白花

白色的花开在嫩绿的树叶间

疏朗有致

风微微

它轻轻摇动

哎哟

它在栈桥旁

爱过了行人

又爱过头顶的飞鸟

传承

去年秋天黄去的芦苇

经冬至春

破败下来

在春风里彻底老去

它们的断枝残干扯住一些蛙声

让欢欣的春天获得宁静

它们的脚边

一河春水波光粼粼

熬过了寒冬的野鸭

嬉戏玩耍

哟

还有新绿刚出水面呵

瞧瞧

今年的芦苇已经抵达

一个人的夜

合上书

关上灯

世界只剩下一片蛙声

窗外的夜色如墨

伸手不见五指

入窗的风很凉

我需要盖好被子

许是有一场大雨吧

淋湿

我的梦

再淋湿我的黎明

《雪霁归隐》 纸本设色 2021年

|创作感悟|

冬日寂寥,幸有白雪作花。
花下埋过往,开化是新春。

心无一念

此刻夜不深不浅
我暂时心无一念

模糊的树叶在风里摇来摇去
像我摇摇晃晃于人间

我并没有
故意忽略什么
那些晦涩与困苦
自己落满尘埃
已摇不动心海的风帆

夜深下去
我依然心无一念

好活

一些杂乱的草

漫不经心地散生于树下

在春日清晨的阳光下清新如洗

一些蓝色　白色的小花开得壮怀激烈

一切是这样的合理

没有谁多余

我从他们身边走过来又走过去

在这来来回回的往复里

我变得小心翼翼

这样的春日

我怕自己多余

春天的公义

去到林子里

找寻去年夏日暴风雨中倒下又被扶起的那棵树

看到它也发出了绿色的枝叶

我又深一点地爱上了这个春天

小路边

河道旁

向阳地

背阴处

还有亭子里地砖与地砖的缝隙中

新绿无处不在

风宣讲着春天的公义

抚尽人间万物

大致如此

有些事我没有忘

也和忘记没啥区别

那些痛已了无痕迹

我承认了很多

山的高

海的远

还有树下那棵纤细的草的尊严

我大概就这样了

三餐变成两餐

从一本儿书移到另一本儿书

走过冬天

再走过春天

夜半

夜长了一点

我半夜醒来

再也睡不着

我翻了几次身

也翻检了几遍心事

咸的甜的种种

都淡了许多

远的近的物事

无法更为清晰

月光过窗

照着摊满房间的心绪

免于他们悄然走失

成为暗疾

病日

我病了两日

对于围困我的那些痛感

我没有轻慢

专心地看着它们击打我的意念

窗外的天上

云飘来飘去

终日也没有走远

这是意外的慰藉

一滴泪从眼角滑落

与悲伤无关

《水面浮舟》 纸本设色 2019年

|创作感悟|

何故思弦柱,华年莫成空。
繁花落尽处,静待满园风。

远走

槐花尽了

树下是茫茫的白

人间春深

小路的尽头

我停了下来

几只鸟在草丛里跳来跳去

它们拦下我的心事

抛掷在草丛深处

之后

我想起了另一些事

有关身外的宽阔地

闻香之旅

公元二零二四年十月

桂花开得浓郁

整个园子弥漫着它的香气

行走

变成了闻香之旅

我的旁边

还走着一个人

我们时而牵手

时而一前一后

像我们走过的青春一样

分分合合

终是同路

什么是什么

有时候我在想

生活究竟给我们说了什么

让我们愿意这样世代生生不息

晨时日出

暮时云归

草木伺时

人间葱茏

除此

还有那么一些人

她们给出善意

并对柴米油盐保有着持久的耐心

她们的人间烟火

给予了这片土地勃勃之意

和春日一样

清晨的林间

时有树叶落下

悄无声息

鸟鸣声声

与春日并无不同

长高的孩子

证明着时间的流逝

我还和春日一样

爱你

并努力着爱上自己

土地的记忆
——写给新中国75周年华诞

该我记得的

我都不曾忘记

东方破晓

阳光照临大地

祖辈对土地的欢欣

流淌在父辈的血液里

而我在土地的怀里

爱着小城的烟火

爱着麦田的碧绿

要来的人在路上

该他们记得的

他们都不会忘记

爱过我的一切

也在对他们的爱里

曾是繁茂的土地

又在新的繁茂里

在生长

在继续

《万山浮动雨来初》局部

城与城之间

秋日晨时的阳光中

列车缓缓进站

我将搭乘它

从一座城到另一座城

玉米收割后

城与城之间田野盛大

树木依然葱茏

蘸着些潦草的秋意

想念

从一条宽阔的大河展开

绵延千里

我不年轻了

我在一个遥远的地方想你

这里也是万家灯火

秋夜凉过水

我站立的地方

四面来风

我不年轻了

我愿意想些有温度的事

聊些暖和的话题

你是这样一个人

总能带给我期待中的人间暖意

月过中天

四野星沉

我愿意就此归去

陪你长夜听雨

转弯

人生半途

说声再见

是否可以抽身而走

明年秋日的枝头

挂起五盏灯笼

我不路过

明灭依旧

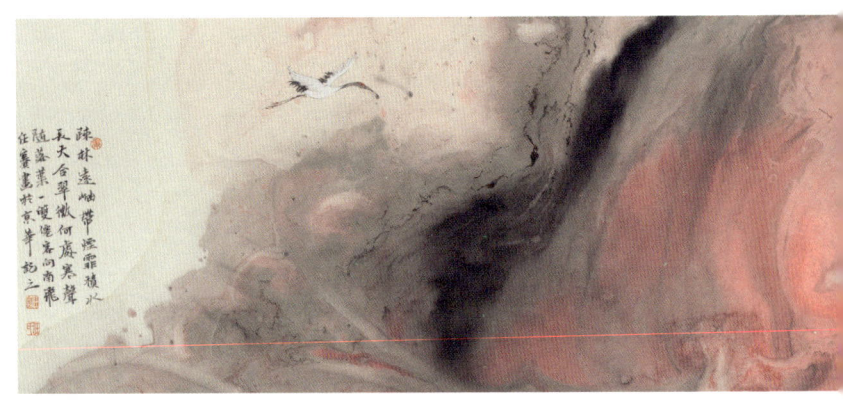

《疏林远岫带烟霏》 纸本设色　2025年

|创作感悟|

疏林远岫带烟霏，积水长天合翠微。
何处寒声随落叶，一双仙客向南飞。

遇见秋晨

野鸭

鸣鸟

满河白了头的芦苇

我静悄悄的

一个跟着妈妈晨练的孩子渴望着奔跑

对着远方喊了两声

野鸭们集体打水走了

河面留下长长的几道水线

倏又归于平静

太阳即将越过东边的树梢

高挂人间

心语

我能拿起来的
是越来越少
这多少有些荒凉
秋意已深
北方那漫长的冬
即将破门而入

你留下来吧
一日大雪飞扬
漫步还是久伫
你在
往事无伤

秋深至此

阳光穿林而过

在满是落叶的地上投出光的影像

秋深至此

黄的黄着

枯的枯着

那些挂在枝头的绿

有着苍凉的倔强

城外的田野

写出了一封长信

于春日送达

选择

世界辽阔

我在中途停下

路口微小

漫天大雾遮挡了所有转向

像叶落大地

像风回故里

走回来时的人

可以满怀沧桑

也可以怀抱明朗

束手以待

稿纸上满是字迹

我在狭小的缝隙中继续书写

文字与文字之间

守望相助

意义丛生

你呢

正在走来

还是正在远去

我手上的纹路有了时间的痕迹

它们和我一起

在等你

距离

桥上走过几阵风

与远行的你失之交臂

还好吧

远方也有风

哪种拥抱都可以暖意涌动

我这里秋上枝头

你的世界已雪满大地

这样的距离

连祝福

也得小心翼翼

文字的欢欣

一个句子

美到让人心怀感激

那个让文字集结的人

反复沐浴过月光

这绝对美好

毫无渣粒

大道如天空辽阔

小约至简

如花朵一样的小欢欣

缀满生活的衣襟

宽窄

逼仄

是实况也是心境

试图宽阔

不向左右

向前后

一地落叶

思念着夏日枝头

苦痛由此而生

朝阳又起

走向黄昏日暮

微醺的女子

天空漆黑

给仰望带来负重之感

深邃的深邃之中

心事消散

夜会更深

等待远来的探寻

愿意微醺的一个女子

知性的步调未曾错乱

她从站台路过我

路过人群和夜色

从这里到上海

叫作走远

微弱之界

那些成为意象的物事
围攻我笔下的文字
断章依然
需要一种情愫说出爱恋

三月之后的四月
说出五月的谎言
错愕
如风岚走过山川
遍布我的人间

我的人间
微小若孔
物外之物从来不是悬念

《峰底出幽鹤》 纸本设色 2024年

|创作感悟|

寒峭三更月,新开一鹤天。

逆流而上

暗夜暗得出奇
我跌入复杂的情绪
那个试图挽留季节的人还在奔忙
我拉一下她的手
指了指即将光秃的枝头

田野的大风起于过往
吹刮着的
是可以言说的悲伤

一个人睡了
另一个陷入无眠的人
话真多
满纸荒唐

独自书写

只要能自成体系

退一步讲

只要能自圆其说

文字就可以无边宽广

写者

在无边寂寥中

也在无边的喧嚣里

此刻

北京的秋已经摇摇欲坠

冬天提前送来的冷包裹着窗外的世界

屋内并不温暖

只有文字温热

半是自发地排列着某种意义

通着电话

电话里
你说你的
这边我看我的书
两个世界的通点很少

没有谁是多余的
哪怕你也寂静无声
只是通着电话

一千里
或许更远
孤独无缝可入

有人思念你

就是那样一个院子

院外一条巷子

你来来回回地穿行

那个远远等待你的人

等待的界面落满尘埃

巷子外的大街

车水马龙

四季互相追赶

书写出流年

冬将至

日暮

薄雾初起

华灯初上

君子兰静立窗台

我知道一切都在流淌

一种孤独起于心田

一杯热茶或者一首老歌

无法给出救赎

广袤的大地

怀抱麦苗

沉沉睡去

冬夜读诗

灯下
我在一首简短的诗里读出人间至味
夜的寒气无法覆盖
我渐渐想起一个人

从模糊到清晰
从抽象到具体
终于
无以复加的思念
把夜攫取

时间

冬日

万物在收缩中

夜在拉长

枝头的绿色

走向枯黄

在风中凋落

像被简约掉的意念

散着落叶的路上

走出的是不同往昔的心情

像被时间经过的人

有了另外的眼睛

似是消散

一些思绪在时间里深眠

生活的几番震荡

未能唤醒的沉

似是一种确定的消散

又像是一种确定的聚拢

一些等待

可以被省略

一些期盼

可以被删减

戴上眼镜装作未曾哭过的人

走在冬天的路上

承认

季节拒绝翻扯

四时接续轮回

四字成语里的故事

在五千年的光阴中相似于相似

一些痛苦无法省略

晨时接住的光明

暮时交还给大地

坚持等待的人

等到了自己

妥协

问题在

我们先是互相看着

然后一起看着它

争吵停顿的时候

我们能听见彼此的喘息

我很累

日子泛黄

让在的在吧

我们拿它毫无办法

它对我们也无能为力

印记

雨下在城里

在街道上和着车声

制造着匆匆

冬日

把自己孤单成一个符号

写进在意的人心里

夜色走了很远

还在夜色里

时间走了很久

还在时间里

有人离开过

我一直在那场雨里

贫瘠

林子里的一棵树枯死了

拔掉后补种的那棵

三五年后不再冲击视觉

一种替代悄然完成

能被替代的物事很多

这是生命的一种丰盈

不能被替代的物事很少

少到只剩下自己

就成为一种真正的贫瘠

旧道理

逃离

又返回的现场

破败依旧

我的怀里

抱着些羞怯的勇气

等待破碎

冬日的平原

一览无余

拒绝大雪覆盖的土地

将麦苗陷于困境

气息零落

零落也是气息

直面死地

送我的人

站台的南面是城市

灯火通明

站台的北面是野地

黑得不可撕扯

路过站台的风

从北面而来

吹往我即将告别的城市

那个送我的人

远远地站在路灯下

时光逝去

她还葆有着温良的性情

被时间宽待着的人

宽待着人世

旅程

很想结束一段旅程

顺便结束一种心情

那当初招摇在心头的

已远逝无形

只走了半截的路

看了一半的风景

并无残缺之痛

那个坚持在枝头描描画画的女子

真的长出了很多枝叶

我可以看见她想象的世界

歇过脚的风

继续远行

驿站里的人

都是过客

深夜站台

列车正点到达

车门打开

无人上下

站台空空的

当然

这需要忽略那两个穿着棉制服的工作人员

车开动后

我看见站台还有一个清洁工

我不知道他

像他不知道我一样

不过因为他在

站台不再空空

后记

有情细掂量

王运平

《风过人间》的书稿已付梓。此刻,窗外的空中飘着若有若无的零星雨点,微风中的料峭之意羞涩含蓄。我在灯下再次展稿而读,一些思绪被开启,欲休还语。

谢冕先生说:"相当多的诗人太过'自恋',他们以为伟大的诗歌只能面对自己。"我必须承认,我在诗歌中曾反复进行过自我提点,好在我从未把我的诗歌放在完全面对自己的场域之中,在我的书写中,我试图让读者看见的不是我,而是在那个一瞬间中同样的自己。因为我深深地知道,以文字的方式摆开的所有形式都应当自觉地蕴含一定的人文关怀，自觉地承担一定的社会责任。我勇敢地写下这样宏大的话语，希望我单薄的文字不会发出断裂之声。

叶嘉莹先生强调"诗歌当以感发生命为主要之质素"。闲暇之时写作多年，回望自己的诗歌之路，当发现自己无意识之中的诗歌写作恰好符合叶嘉莹先生主导的诗歌观点时，内心甚是欢欣。人海茫茫，属于生命个体的世界微若尘埃，属于个体生命的悲欢亦是微若尘埃，每个人对生命的感发虽略有不同，但又不可避免地具备必然性的相似，我相信诗者出自本真的生命感发必能给其他生命个体带来消解困厄的力量，虽然这在很大程度上可能只是诗者很自我的一种写作追求。对诗者本人来说，追求的过程也许本身自带一种生命的快慰。

林莽先生说："一代人为一代人写作。"把自己的作品定义在为一代人写作的范围内，看似削弱了自己的作品对年代的穿透力，略有野心的写者估计都会产生心有不甘之意。但我认为恰恰是这样的写作认知最能让写者找到生命的写作支点。而这也恰是作品融进历史最好的方式，因为成为时代的，才有可能成为历史的。

书写肯定还会继续。谢冕先生说："诗人的自私是诗歌的羞耻。"我认同这样的话。这本诗集已经是我的第三本诗集了，我想即使是暂做一个诗者，也必定是时候需要进行更多的自我提点来完成诗歌自身的人文与社会担当了。诗人不自私，诗歌不羞耻。

天色更晚了，远山模糊一团，若有若无的雨点无声敲窗，北京城灯火万家，人间祥和安康，诗中岁月绵长。

2025年3月8日于北京

图书在版编目（CIP）数据

风过人间 / 王运平著. -- 北京：高等教育出版社，2025.7. -- ISBN 978-7-04-064961-1

I. I227

中国国家版本馆CIP数据核字第2025M1Q564号

风过人间

Fengguo Renjian

丛书主编	张　柠　刘万鸣　张　静
丛书策划	蒋文博
丛书题字	刘万鸣
策划编辑	贾　雯
责任编辑	贾　雯
书籍设计	王　鹏
责任绘图	裴一丹
责任校对	刘丽娴
责任印制	赵义民
出版发行	高等教育出版社
社　　址	北京市西城区德外大街4号
邮政编码	100120
印　　刷	北京盛通印刷股份有限公司
开　　本	787mm×1092mm　1/32
印　　张	7.5
字　　数	95千字
购书热线	010-58581118
咨询电话	400-810-0598
网　　址	http://www.hep.edu.cn
	http://www.hep.com.cn
网上订购	http://www.hepmall.com.cn
	http://www.hepmall.com
	http://www.hepmall.cn
版　　次	2025年7月第1版
印　　次	2025年7月第1次印刷
定　　价	48.00元

本书如有缺页、倒页、脱页等质量问题，
请到所购图书销售部门联系调换
版权所有　侵权必究
物　料　号　64961-00

郑重声明

高等教育出版社依法对本书享有专有出版权。任何未经许可的复制、销售行为均违反《中华人民共和国著作权法》，其行为人将承担相应的民事责任和行政责任；构成犯罪的，将被依法追究刑事责任。为了维护市场秩序，保护读者的合法权益，避免读者误用盗版书造成不良后果，我社将配合行政执法部门和司法机关对违法犯罪的单位和个人进行严厉打击。社会各界人士如发现上述侵权行为，希望及时举报，我社将奖励举报有功人员。

反盗版举报电话
（010）58581999　58582371

反盗版举报邮箱　dd@hep.com.cn

通信地址　北京市西城区德外大街4号
高等教育出版社知识产权与法律事务部
邮政编码　100120